圖書在版編目（CIP）數據

聊齋志异 /（清）蒲松齡著 .— 影印本 .— 合肥 : 黄山書社 , 2012.2

ISBN 978-7-5461-2660-9

Ⅰ.①聊… Ⅱ.①蒲… Ⅲ.①筆記小説 – 中國 – 清代
Ⅳ.① I242.4

中國版本圖書館 CIP 數據核字 (2012) 第 016303 號

ISBN 978-7-5461-2660-9

9 787546 126609 >

聊齋志异

責任編輯／趙國華　湯吟菲
責任印制／李曉明
出版發行／黄山書社
社　　址／合肥市政務文化新區翡翠路一一一八號出版傳媒廣場
印　　刷／揚州文津閣古籍印務有限公司
經　　銷／新華書店
開　　本／七〇〇×一六〇〇毫米　八開
印　　張／一〇八〇筒頁
版　　次／二〇一二年五月第一版第一次印刷
標準書號／ISBN 978-7-5461-2660-9
定　　價／叁仟肆佰捌拾圓（全十六册）

清・蒲松齡著

聊齋志異

一册

黄山書社

出版說明

《聊齋志異》簡稱《聊齋》，俗名《鬼狐傳》，是一部古典文言短篇小説。作者蒲松齡，字留仙，一字劍臣，別號柳泉居士，聊齋其齋名，山東淄川（今淄博）人。生于明崇禎十三年（一六四〇），卒于清康熙五十四年（一七一五）。清著名文學家。早歲即有文名，深爲施閏章、王士禛所重。屢應省試，皆落第，年七十一歲始成貢生。除中年一度作幕于寶應，居鄉以塾師終老。家境貧困，接觸底層人民生活。能詩文，善作俚曲。除《聊齋志異》外，尚著有《聊齋文集》、《聊齋詩集》、《聊齋俚曲》及關於農業、醫藥等通俗讀物多種。他的代表著作短篇小説集《聊齋志異》以數十年之功寫成，并不斷修改增

補。其書運用唐傳奇小説文體，通過談狐説鬼方式，對當時的社會、政治多所批判。它成功地塑造了衆多的藝術典型，人物形象鮮明生動，故事情節曲折離奇，結構布局嚴謹巧妙，文筆簡練，描寫細膩，堪稱中國古典短篇小説之巔峰。

關于《聊齋志異》的版本，生前和卒後長期以稿本和多種抄本（如蒲氏手稿本、康熙抄本、鑄雪齋抄本、黄炎熙抄本等）流傳于世，各本卷帙、篇目之多寡，編次及文字差異多有所在。《聊齋志異》最早的刻本是乾隆三十一年（一七六六）趙起杲的青柯亭本。按，趙起杲（一七一四——一七六六），字清曜，山東萊陽人，歷官嚴州、杭州知府，家有青柯亭，嘗從福建鄭方坤（字則厚，號荔鄉）後

人處得蒲松齡《聊齋志異》抄本（或云稿本）。鮑廷博深知此書之價值，極力慫恿趙氏刊行，趙因清俸不足，無力刊印。鮑氏慷慨解囊，巨資襄助并任校勘將其最後刻印成書。有『弁言』、『例言』，記叙了底本的來源和付諸梨棗之過程。趙起杲在《例言》中説『先生畢殫精力始成是書。初，就正于漁洋。漁洋欲以百千市其稿，先生堅不與，因加評隲而還之……』故鮑廷博有詩曰『誰似嚴陵太守賢，奇書不惜萬人傳。莫驚紙價無端貴，曾費漁洋十萬錢』。全書十六卷，計四百二十六篇。學人也常将『青本』稱之爲『鮑本』。

《中國古籍善本書目》收録是書，入子部·小説家類，含稿本、抄本及青柯亭本等五種版本。青柯亭本分藏于首都圖書館、清華大學圖書館、天津圖書館等單位，除《善本書目》著録五種版本外，尚有乾隆三十二年王金範刻本、乾隆六十年步雲閣刻本、道光三年經倫堂刊何守奇評本、道光十五年天德堂重刊本等，上述版本以及以後通行本大都依青柯亭本爲祖本翻刻翻印的。

天津圖書館藏《聊齋志異》十六卷，即爲乾隆三十一年青柯亭本。按，該書每半頁九行行二十一字，黑口，左右雙邊，金鑲玉裝，版框高十三点五厘米，寬九点八厘米。卷端鈐『王利器印』等印，曾藏著名国学大师王利器處，黄山書社依原書影印出版。

淄川蒲留仙著

聊齋志異

青柯亭開彫

志而曰異明其不同於常也然而聖人曰君子以同而異何耶其義廣矣大矣夫聖人之言雖多主於人事而吾謂三才之理六經之文諸聖之義可一以貫之則謂異之爲義卽易之冒道無不可也夫人但知居仁由義克己復禮爲善人君子矣而陟降而在帝左右禱祀而感召風雷乃近於巫祝之説者何耶神禹創鑄九鼎而山海一經復垂萬世豈上古聖人而喜語怪乎抑爭子虛烏有之賦心而預爲分道揚鑣者地乎後世拘墟之士雙瞳如豆一葉迷山目所不見率以仲尼不語爲辭

不知鷁飛石隕是何人載筆爾爾也倘槪以左氏之誣蔽之無異掩耳者高語無雷矣引而伸之卽閶闔九天衣冠萬國之句深山窮谷中人亦以爲欺我無疑也余謂欲讀天下之奇書須明天下之大道蓋以人倫大道淑世者聖人之所以爲木鐸也然而天下有解人則雖孔子之所不語者皆足輔功令教化之所不及而諾皐夷堅亦可與六經同功苟非其人則雖日述孔子之所常言而皆足以佐慝如讀南子之見則以爲淫辟皆可周旋泥佛肸之往則以爲叛逆不妨共事不止詩書發

塚周官資簒已也彼拘墟之士多疑者其言則未嘗不
近於正也一則疑曰政教自堪治世因果無乃渺茫乎
曰是也然而陰隲上帝幽有鬼神亦聖人之言否乎彼
彭生覿面申生語巫武墨宮中田蚡枕畔九幽斧鉞嚴
於王章多矣而世人往往多疑者以報應之或爽誠有
可疑即如聖門之士賢儔無多德行四人二者夭亡一
厄繼母幾乎同於伯奇天道憒憒一至此乎是非遠洞
三世不足消釋羣憾釋迦馬麥袁盎人瘡亦安知之故
非天道憒憒人自憒憒故也或曰報應示戒可矣妖邪

不宜除乎曰是也然而天地大矣無所不有古今變矣
未可膠舟人世不皆君子陰曹反皆正人乎豈夏姬謝
世便儕共姜榮公撤瑟可參孤竹乎有以知其必不然
矣且江河日下人鬼頗同不則幽冥之中反是聖賢道
場日日唐虞三代有是理乎或又疑而且規之曰異事
世固間有之矣或亦不妨抵掌而竟馳想天外幻跡人
區無乃爲齊諧濫觴乎曰是也然子長列傳不厭滑稽
卮言寓言蒙莊嗜矣且二十一史果皆實錄乎仙人之
議李郭也固有遺憾久矣而況勃窣文心筆補造化不

止生花且同煉石佳鬼佳狐之奇俊也降福旣以孔皆敦倫更復無斁人中大賢猶有愧焉是在解人不爲法縛不死句下可也夫中郎帳底應饒子家之異味鄴侯架上何須兎冊之常詮余願爲婆娑萟林者職調人之役焉古人著書其正也則以天常民彝爲則使天下之人聽一事如聞雷霆奉一言如親日月外此而書或奇也則新鬼故鬼魯廟依稀内蛇外蛇鄭門嬲蹋非盡矯誣也倘盡以不語二字奉爲金科則萍實商羊羵羊楛矢但當搖首閉目而謝之足矣然乎否乎吾願讀書之

士覽此奇文須深慧業眼光如電牆壁皆通能知作者之意並知聖人或雅言或罕言或不語之故則六經之義三才之統諸聖之衡一一貫之異而同者忘其異焉可矣不然癡人每苦情深入耳便多濡首一字魂飛心月之精靈冉冉三生夢渺牡丹之亭下依依檀板動而忽來桃葝遺而不去君將爲罔兩曹邱生僕何辭齊諧魯仲連乎紫霞道人高珩題

丙寅冬吾友周子季和自濟南解館歸以手錄淄川蒲留仙先生聊齋志異二冊相貽深以卷帙繁多不能全鈔爲憾予讀而喜之每藏之行笥中欲訪其全數年不可得丁丑春攜至都門爲王子閏軒攫去後予宦閩中晤鄭荔薌先生令嗣因憶先生昔年曾宦吾鄉性喜儲書或有藏本果丐得之命侍史錄正副二本披閱之下似與季和本稍異後三年再至都門閏軒出原鈔本細加校對又從吳君穎思假鈔本勘定各有異同始知荔薌當年得於其家者實原稿也癸未官武林友人鮑以

文屢慫恿予付梓因循未果後借鈔者衆藏本不能徧應遂勉成以公同好他日見閏軒出以相贈其欣賞爲何如獨恨吾季和已赴九原不獲與之商榷定論已此書之成出貲勷事者鮑子以文校讎更正者則余君蓉裳郁君佩先暨予弟皋亭也

乾隆丙戌端陽前二日萊陽後學趙起杲書於睦州官舍

諺有之云見橐駝謂馬腫背此言雖小可以喻大矣夫人以目所見者爲有所不見者爲無曰此其常也倏有而倏無則怪之至於草木之榮落昆蟲之變化倏有倏無又不之怪而獨於神龍則怪之彼萬竅之刁刁百川之活活無所持之而動無所激之而鳴豈非怪乎又習而安焉獨至於鬼狐則怪之至於人則又不怪夫人則亦誰持之而動誰激之而鳴者乎莫不曰我實爲之夫我之所以爲我者目能視而不能視其所以視耳能聞而不能聞其所以聞而況於聞見所不能及者乎夫聞見所及以爲有所不及以爲無其爲聞見也幾何矣人之言曰有形形者有物物者而不知有以無形爲形無物爲物者夫無形無物則耳目窮矣而不可謂之無也有見蚊睫者有不見泰山者有聞蟻鬬者有不聞雷鳴者見聞之不同者盲瞽未可妄論也自小儒爲人死如風火散之說而原始要終之道不明於天下於是所見者愈少所怪者愈多而馬腫背之說昌行於天下無可如何輒以孔子不語一詞了之而齊諧志怪虞初記異之編疑之者參半矣不知孔子之所不記者乃中人以

下不可得而聞者耳而謂春秋盡刪怪神哉留仙蒲子幼而穎異長而特達下筆風起雲湧能爲載記之言於制舉業之暇凡所聞見輒爲筆記大要多鬼狐怪異之事向得其一卷輒爲同人取去今再得其一卷閱之凡爲余所習知者十之三四最足以破小儒拘墟之見而與夏蟲語冰也余謂事無常怪但以有害於人者爲妖故日食星隕鷁飛鵒巢石言龍鬬不可謂異惟土木甲兵之不時與亂臣賊子乃爲妖異耳今觀留仙所著其論斷大義皆本於賞善罰淫與安義命之旨足以開物而成務正如揚雲法言桓譚謂其必傳矣豹巖樵史唐夢賚拜題

聊齋小傳

淄川蒲松齡字留仙號柳泉辛卯歲貢以文章風節著一時弱冠應童子試受知於施愚山先生文名藉甚乃決然舍去一肆力於古文悲憤感慨自成一家言性樸厚篤交遊重名義與同邑李希梅張歷友諸名士結爲詩社以風雅道義相切劘新城王漁洋先生素奇其才謂非尋常流輩所及也家所藏著述頗富而聊齋志異一書尤膾炙人口云 淄川縣志

刻聊齋志異例言

一先生是書蓋倣干寶搜神任昉述異之例而作其事則鬼狐仙怪其文則莊列馬班而其義則竊取春秋微顯志晦之旨筆削予奪之權可謂有功名教無忝著述以意逆志乃不謬於作者是所望於知人論世之君子

一是編初稿名鬼狐傳後先生入棘闈狐鬼羣集揮之不去以意揣之蓋恥禹鼎之曲傳懼軒轅之畢照也歸乃增益他條名之曰志異有名聊齋雜志者乃張

此亭臆改且多刪汰非原書矣茲刻一仍其舊

一先生畢殫精力始成是書初就正於漁洋漁洋欲以百千市其稿先生堅不與因加評隲而還之今刻以問世并附漁洋評語先生有知可無仲翔沒世之恨矣

一是編向無刊本諸家傳鈔各有點竄其間字斟句酌詞旨簡嚴者有之然求其浩汗疎宕有一種粗服亂頭之致往往不逮原本茲刻悉仍原稿庶幾獨得廬山之真

一編中所述鬼狐最夥層見疊出變化不窮水佩風裳剪裁入妙冰花雪蘂結撰維新緣其才大於海筆妙如環

一編中所載事蹟有不盡無徵者如姊妹易嫁金和尚諸篇是已然傳聞異辭難成信史漁洋談異多所採摭亦相逕庭至大力將軍一則亦與觚賸雪遘差別因并錄之以見大畧

一是書傳鈔既屢別風淮雨觸處都有今悉加校正其中文理不順者間爲更定一二字至其編次前後各本不同茲刻只就多寡酌分卷帙實無從攷其原目也

一原本凡十六卷初但選其尤雅者釐爲十二卷刋既竣再閱其餘復愛莫能舍遂續刻之卷目一如其舊云

一卷中有單章隻句意味平淺者刪之計四十八條從張本補入者凡二條佳句已盡入錦囊明珠實無遺鐵網矣

一聞之張君西圃云濟南朱氏家藏志異數十卷行將

訪求倘嗜奇之士尚有别本幸不吝見遺當續刻之以成藝林快事

萊陽趙起杲淸曜謹識

聊齋志異卷之一目錄

聊齋志異卷二目錄

聊齋志異卷三目錄

聊齋志異卷四目錄

聊齋志異卷五目錄

聊齋志異卷六目錄

聊齋志異卷七目錄

聊齋志異卷八目錄

聊齋志異卷九目錄

聊齋志異卷十目錄

聊齋志異卷十一目錄

聊齋志異卷十二目錄

聊齋志異卷十三目錄

聊齋志異卷十三目錄終

聊齋志異卷十四目錄

聊齋志異卷十四目錄終

聊齋志異卷十五目錄

聊齋志異卷十五目錄終

聊齋志異卷十六目錄

聊齋志異卷十六目錄終

聊齋志異卷一

淄川　蒲松齡　留仙　著

新城　王士正　貽上　評

考城隍

予姊夫之祖宋公諱燾邑廩生一日病臥見吏持牒牽白顛馬來云請赴試公言文宗未臨何遽得考吏不言但敦促之公力疾乘馬從去路甚生疎至一城郭如王者都移時入府廨宮室壯麗上坐十餘官都不知何人惟關壯繆可識簷下設几墩各二先有一秀才坐其末

公便與連肩几上各有筆札俄題紙飛下視之八字云一人二人有心無心二公文成呈殿上公文中有云有心爲善雖善不賞無心爲惡雖惡不罰諸神傳贊不已召公上諭曰河南缺一城隍君稱其職公方悟頓首泣曰辱膺寵命何敢多辭但老母七旬奉養無人請得終其天年惟聽錄用上一帝王像者即令稽母壽籍有長鬚吏捧冊翻閱一過白有陽算九年共躊躇間關帝曰不妨令張生攝篆九年瓜代可也乃謂公應即赴任今推仁孝之心給假九年及期當復相召又勉勵秀才數

語二公稽首並下秀才握手送諸郊野自言長山張某以詩贈别都忘其詞中有有花有酒春常在無月無燈夜自明之句公既騎乃别而去及抵里豁若夢寤時卒已三日母聞棺中呻吟扶出半日始能語問之長山果有張生於是日死矣後九年母果卒營葬既畢浣濯入室而沒其岳家居城中西門内忽見公鏤膺朱幘輿馬甚衆登其堂一拜而行相共驚疑不知其爲神奔訊鄉中則已沒矣公有自記小傳惜亂後無存此其畧耳

瞳人語

長安士方棟頗有才名而佻脫不持儀節每陌上見游女輒輕薄尾綴之清明前一日偶步郊郭見一小車朱茀繡幰青衣數輩款段以從内一婢乘小駟容色絕美稍稍近覘之見車幔洞開内坐二八女郎紅妝艷麗尤生平所未睹目眩神奪瞻戀弗舍或先或後從馳數里忽聞女郎呼婢近車側曰爲我垂簾下何處風狂兒郎頻來窺瞻婢乃下簾怒顧生曰此芙蓉城七郎子新婦歸寧非同田舍娘子放敎秀才胡覷言已掬轍土颺生生眯目不可開纔一拭視車馬已渺驚疑而返覺目終

不快倩人啟瞼撥視則睛上生小翳經宿益劇淚簌簌不得止翳漸大數日厚如錢右睛起旋螺百藥無效懊悶欲絕頗思自懺悔聞光明經能解厄持一卷浼人教誦初猶煩躁久漸自安旦晚無事惟趺坐捻珠持之一年萬緣俱靜忽聞左目中小語如蠅曰黑漆似叵耐殺人右目中應曰可同小遨遊出此悶氣漸覺兩鼻中蠕蠕作癢似有物出離孔而去久之乃返復自鼻入眶中又言曰許時不窺園亭珍珠蘭遽枯瘠死生素喜香蘭園中多種植日常灌溉自失明久置不問忽聞其言遽

問妻蘭花何使憔悴死妻詰其所自知告之故妻趨驗之花果槁矣大異之靜匿房中見有小人自生鼻內出大不及豆營營然竟出門去漸遠遂迷所在俄連臂歸飛上面如蜂螘之投穴者如此二三日又聞左言曰隧道迂還往非所甚便不如自啟門右應曰我壁子厚大不易左曰我試闢得與而俱遂覺左眶內隱似抓裂有頃開視豁見几物喜告妻妻審之則脂膜破小竅黑睛熒熒纔如破椒越一宿障盡消細視竟重瞳也但右目旋螺如故乃知兩瞳人合居一眶矣生雖一目眇而較

之雙目者殊更了了由是益自檢束鄉中稱盛德焉
異史氏曰鄉有士人偕二友於途中遙見少婦控驢出
其前戲而吟曰有美人兮顧二友曰驅之相與笑騁俄
追及乃其子婦心赧氣喪默不復言友僞爲不知也者
評騭殊豔士人忸怩吃吃而言曰此長男婦也各隱笑
而能輕薄者往往自侮良可笑也至於眯目失明又鬼
神之慘報矣芙蓉城主不知何神豈菩薩現身耶然小
郎君生闢門戶鬼神雖惡亦何嘗不許人自新哉

畫壁

江西孟龍潭與朱孝廉客都中偶涉一蘭若殿宇禪舍
俱不甚宏敞惟一老僧挂褡其中見客入肅衣出迓導
與隨喜殿中塑誌公像兩壁圖繪精妙人物如生東壁
畫散花天女內一垂髫者拈花微笑櫻口欲動眼波將
流朱注目久不覺神搖意奪恍然凝想身忽飄飄如駕
雲霧已到壁上見殿閣重重非復人世一老僧說法座
上偏袒繞視者甚衆朱亦雜立其中少間似有人暗牽
其裾回視則垂髫兒囅然竟去履即從之過曲欄入一
小舍次且不敢前女回首舉手中花遙遙作招狀乃趨

之舍內寂無人遽擁之亦不甚拒遂與狎好既而閉戶
去囑朱勿欬夜乃復至如此二日女伴覺之共搜得生戲謂
女曰腹內小郎已許大尚髮蓬蓬學處子耶共捧簪珥
促令上鬟女含羞不語一女曰妹妹姊姊吾等勿久住
恐人不歡羣笑而去生視女髻雲高簇鬟鳳低垂比垂
髫時尤艷絕也四顧無人漸入猥褻蘭麝薰心樂方未
艾忽聞吉莫靴鏗鏗甚厲縲鎖鏘然旋有紛囂騰辨之
聲女驚起與朱竊窺則見一金甲使者黑面如漆綰鎖
挈槌衆女環繞之使者曰全未荅言已全使者曰如有

藏匿下界人卽共出首勿貽伊戚又同聲言無使者反
身愕顧似將搜匿女大懼面如死灰張皇謂朱曰可急
匿榻下乃啟壁上小扉猝遁去朱伏不敢少息俄聞靴
聲至房內復出未幾煩喧漸遠心稍安然戶外輒有往
來語論者朱跼蹐既久覺耳際蟬鳴目中火出景狀殆
不可忍惟靜聽以待女歸竟不復憶身之何自來也時
孟龍潭在殿中轉瞬不見朱疑以問僧僧笑曰往聽說
法去矣問何處曰不遠少時以指彈壁而呼曰朱檀越
何久遊不歸旋見壁間畫有朱像傾耳竚立若有聽察

僧又呼曰游侶久待矣遂飄忽自壁而下灰心木立目瞪足耎孟大駭從容問之蓋方伏榻下聞叩聲如雷故出房窺聽也共視拈花人螺髻翹然不復垂髫矣朱驚拜老僧而問其故僧笑曰幻由人生老僧何能解朱氣結而不揚孟心駭而無主即起歷階而出

異史氏曰幻由人生此言類有道者人有淫心是生褻境人有褻心是生怖境菩薩點化愚蒙千幻並作皆人心所自動耳老僧婆心切惜不聞其言下大悟披髮入山也

種梨

有鄉人貨梨於市頗甘芳價騰貴有道士破巾絮衣丐於車前鄉人咄之而不去鄉人怒加以叱罵道士曰一車數百顆老衲止丐其一於居士亦無大損何怒爲觀者勸置劣者一枚令去鄉人執不肯肆中傭保者見喋聒不堪遂出錢市一枚付道士道士拜謝謂衆曰出家人不解吝惜我有佳梨請出供客或曰既有之何不自食曰吾特需此核作種於是掬梨大啗且盡把核於手解肩上鑱坎地上深數寸納之而覆以土向市人索湯

沃灌好事者於臨路店索得沸瀋道士接浸坎處萬目攢視見有勾萌出漸大俄成樹枝葉扶疎倐而花倐而實碩大芳馥纍纍滿樹道人乃即樹頭摘賜觀者頃刻而盡已乃以鑱伐樹丁丁良久乃斷帶葉荷肩頭從容徐步而去初道士作法時鄉人亦雜衆中引領注目竟忘其業道士既去始顧車中則梨已空矣方悟適所俵散皆已物也又細視車上一靶亡是新鑿斷者心大憤恨急跡之轉過牆隅則斷靶棄垣下始知所伐梨本即是物也道士不知所在一市粲然

異史氏曰鄉人憒憒憨狀可掬其見笑於市人有以哉每見鄉中稱素封者良朋乞米則怫然且計曰是數日之資也或勸濟一危難飯一煢獨則又忿然計曰此十人五人之食也甚而父子兄弟較盡錙銖及其淫博迷心則傾囊不吝刀鋸臨頸則贖命不遑諸如此類正不勝道蠢爾鄉人又何足怪

勞山道士

邑有王生行七故家子少慕道聞勞山多仙人負笈往遊登一頂有觀宇甚幽一道士坐蒲團上素髮垂領而

神觀爽邁叩而與語理甚元妙請師之道士曰恐嬌惰不能作苦荅言能之其門人甚衆薄暮畢集王俱與稽首遂留觀中凌晨道士呼王去授以斧使隨衆採樵王謹受教過月餘手足重繭不堪其苦陰有歸志一夕歸見二人與師共酌日已暮尚無燈燭師乃剪紙如鏡粘壁間俄頃月明輝壁光鑑毫芒諸門人環聽奔走一客曰良宵勝樂不可不同乃於案上取壺酒分賚諸徒且囑盡醉王自思七八人壺酒何能徧給遂各覓盎盂競飲先釂惟恐樽盡而往復挹注竟不少減心奇之俄一

客曰蒙賜月明之照乃爾寂飲何不呼嫦娥來乃以箸擲月中見一美人自光中出初不盈尺至地遂與人等纖腰秀項翩翩作霓裳舞已而歌曰仙仙乎而還乎而幽我於廣寒乎其聲清越烈如簫管歌畢盤旋而起躍登几上驚顧之間已復爲箸三人大笑又一客曰今宵最樂然不勝酒力矣其餞我於月宮可乎三人移席漸入月中衆視三人坐月中飲鬚眉畢見如影之在鏡中移時月漸暗門人然燭來則道士獨坐而客杳矣几上肴核尚存壁上月紙圓如鏡而已道士問衆飲足乎曰

足矣足宜早寢勿悞樵蘇衆諾而退王竊忻慕歸念遂息又一月苦不可忍而道士並不傳教一術心不能待辭曰弟子數百里受業仙師縱不能得長生術或小有傳習亦可慰求教之心今閱兩三月不過早樵而暮歸弟子在家未諳此苦道士笑曰我固謂不能作苦今果然明早當遣汝行王曰弟子操作多日師畧授小技此來爲不負也道士問何術之求王曰每見師行處牆壁所不能隔但得此法足矣道士笑而允之乃傳以訣令自咒畢呼曰入之王面牆不敢入又曰試入之王果從容入及牆而阻道士曰俛首驟入勿逡巡王果去牆數步奔而入及牆虛若無物回視果在牆外矣大喜入謝道士曰歸宜潔持否則不驗遂資斧遣之歸抵家自詡遇仙堅壁所不能阻妻不信王傚其作爲去牆數尺奔而入頭觸硬壁驀然而踣妻扶視之額上墳起如巨卵焉妻揶揄之王慚忿罵老道士無良而已

異史氏曰聞此事未有不大笑者而不知世之爲王生者正復不少今有傖父喜疢毒而畏藥石遂有舐癰吮痔者進宣威逞暴之術以迎其旨紿之曰執此術也以

往可以橫行而無碍初試未嘗不少效遂謂天下之大舉可以如是行矣勢不至觸硬壁而顛蹶不止也

長清僧

長清僧某道行高潔年八十餘猶健一日顛仆不起寺僧奔救已圓寂矣僧不自知死魂飄去至河南界河南有故紳子率十餘騎按鷹獵兔馬逸墮斃魂適相值翕然而合遂漸蘇廝僕還問之張目曰胡至此衆扶歸入門則粉白黛綠者紛集顧問大駭曰我僧也胡至此家人以爲妄共提耳悟之僧亦不自申解但閉目不復有言餉以脫粟則食酒肉則拒夜獨宿不受妻妾奉數日後忽思少步衆皆喜既出少定卽有諸僕紛來錢簿穀籍雜請會計公子託以病倦悉謝絕之惟問山東長清縣知之否共答知之曰我欝無聊賴欲往遊矚宜卽治任衆謂新瘳未應遠涉不聽翼日遂發抵長清視風物如昨無煩問途竟至蘭若弟子見貴客至伏謁甚恭乃問老僧焉往答云吾師曩已物化問墓所羣導以往則三尺孤墳荒草猶未合也衆僧不知何意既而戒馬欲歸囑曰汝師戒行之僧所遺手澤宜恪守勿俾損壞衆

唯唯乃行既歸灰心木坐了不勾當家務居數月出門自遁直抵舊寺謂弟子我卽汝師衆疑其謬相視而笑乃述返魂之由又言生平所爲悉符衆乃信居以故榻事之如平日後公子家屢以輿馬來哀請之畧不顧瞻又年餘夫人遣紀綱至多所餽遺金帛皆卻之惟受布袍一襲而已友人或至其鄉敬造之見其人默然誠篤年僅而立而輒道其八十餘年事

異史氏曰人死則魂散其千里而不散者性定故耳予於僧不異之乎其再生而異之乎其入靡麗紛華之鄉而能絕人以逃也若眼睛一閃而蘭麝生心有求死不得者矣況僧乎哉

狐嫁女

歷城殷天官少貧有胆畧邑有故家之第廣數十畝樓宇連亘常見怪異以故廢無居人久之蓬蒿漸滿白晝亦無敢入者會公與諸生飲或戲云有能寄此一宿者共釀爲筵公躍起曰是亦何難攜一席往衆送諸門戲曰吾等暫候之如有所見當急號公笑云有鬼狐當捉證耳遂入見長莎蔽逕蒿艾如麻時值上弦新月色昏

黃門戶可辨摩娑數進始抵後樓登月臺光潔可愛遂止焉西望月明惟啣山一綫耳坐良久更無少異竊笑傳言之訛席地枕石臥看牛女向盡恍惚欲寐樓下有履聲籍籍而上假寐睨之見一青衣人挑蓮燈猝見公驚而卻退語後人曰有生人在下問誰也荅云不識俄一老翁上就諦視曰此殷尚書其睡已酣但辦吾事相公倜儻或不叱怪乃相率入樓樓門盡闢移時往來者益衆樓上燈輝如晝公稍稍轉側作嚏咳翁聞公醒乃出跪而言曰小人有箕帚女今夜于歸不意有觸貴人

望勿深罪公起曳之曰不知今夕嘉禮慙無以賀翁曰貴人光臨壓除凶煞幸矣即煩陪坐倍益光寵公喜應之入視樓中陳設芳麗遂有婦人出拜年可四十餘翁曰此拙荊公揖之俄聞笙樂聒耳有奔而上者曰至矣翁趨迎公亦立俟少選籠紗一簇導新郎入年可十七八丰采韶秀翁命先與貴客爲禮少年目公公若爲儐執半主禮次翁壻交拜已乃卽席少間粉黛雲從酒胾霧霈玉碗金甌光映几案酒數行翁喚女奴請小姐來女奴諾而入良久不出翁自起搴幃促之俄婢媼數輩

黃門戸可辨摩娑數進始抵後樓登月臺光潔可愛遂止焉西望月明惟啣山一綫耳坐良久更無少異竊笑傳言之訛席地枕石卧看牛女向盡恍惚欲寐樓下有履聲籍籍而上假寐睨之見一靑衣人挑蓮燈猝見公驚而卻退語後人曰有生人在下問誰也答云不識俄一老翁上就諦視曰此殷尚書其睡已酣但辦吾事相公倜儻或不叱怪乃相率入樓樓門盡闢移時往來者益衆樓上燈輝如晝公稍稍轉側作嚏咳翁聞公醒乃出跪而言曰小人有箕箒女今夜于歸不意有觸貴人

望勿深罪公起曳之曰不知今夕嘉禮慚無以賀翁曰貴人光臨壓除凶煞幸矣卽煩陪坐倍益光寵公喜應之入視樓中陳設芳麗遂有婦人出拜年可四十餘翁曰此拙荆公揖之俄聞笙樂聒耳有奔而上者曰至矣翁趨迎公亦立俟少選籠紗一簇導新郎入年可十七八丰采韶秀翁命先與貴客爲禮少年目公公若爲儐執半主禮次翁壻交拜已乃卽席少間粉黛雲從酒胾霧霈玉碗金甌光映几案酒數行翁喚女奴請小姐來女奴諾而入良久不出翁自起搴幃促之俄婢媼數輩

擁新人出環珮璆然蘭麝散馥翁命向上拜起即坐母側微目之翠鳳明璫容華絕世既而酌以金爵大容數斗公思此物可以持驗同人陰內袖中僞醉隱几頹然而寐皆曰相公醉矣居無何聞新郎告行笙樂暴作紛紛下樓而去已而主人歛酒具少一爵冥搜不得或竊議臥客翁急戒勿語惟恐公聞移時內外俱寂公始起暗無燈火惟脂香酒氣盈溢四堵視東方既白乃從容出探袖中金爵猶在及門則諸生先俟疑其夜出而早入者公出爵示之衆駭問因以狀告共思此物非寒士所有乃信之後舉進士任於肥邱有世家朱姓宴公命取巨觥久之不至有細奴掩口與主人語主人有怒色俄奉金爵勸客飲視之款式雕文與狐物更無殊別大疑問所從製荅云爵凡八隻大人爲京卿時覓良工監製此世傳物什襲已久緣明府辱臨適取諸箱簏僅存其七疑家人所竊取而十年塵封如故殊不可解公笑曰金杯羽化矣然世守之珍不可失僕有一具頗近似之當以奉贈終筵歸署揀爵馳送之主人審視駭絕親詣謝公詰所自來公乃歷陳顛末始知千里之物狐能

攝致而不敢終留也

嬌娜

孔生雪笠聖裔也爲人蘊藉工詩有執友令天台寄函招之生往令適卒落拓不得歸寓菩陀寺傭爲寺僧抄錄寺西百餘步有單先生第先生故公子以大訟蕭條眷口寡移而鄉居宅遂曠焉一日大雪崩騰寂無行旅偶過其門一少年出丰采甚都見生趨與爲禮畧致慰問卽乞降臨生愛悅之慨然從入屋宇都不甚廣處處悉懸錦幕壁上多古人書畫案頭書一冊籤云瑯環瑣

記翻閱一過俱目所未睹生以居單第意爲第主卽亦不審官閥少年細詰行踪意憐之勸設帳授徒生嘆曰羈旅之人誰作曹邱者少年曰倘不以駑駘見斥願拜門牆生喜不敢當師請爲友便問宅何久錮答曰此爲單府曩以公子鄉居是以久曠僕皇甫氏祖居陜以家宅焚於野火暫借安頓生始知非單當晚談笑甚懽卽留共榻昧爽卽有僮子熾炭於室少年先起入內生尚擁被坐僮入白太公來生驚起一叟入鬢髮皤然向生殷謝曰先生不棄頑兒遂肯賜教小子初學塗鴉勿以

友故行輩視之也已乃進錦衣一襲貂帽襪履各一事
視生盥櫛已乃呼酒薦饌几榻裙衣不知何名光彩射
目酒數行叟興辭曳杖而去餐訖公子呈課業類皆古
文詞並無時藝問之笑曰僕不求進取也抵暮更酌曰
今夕盡懽明日便不許矣呼僮曰視太公寢未已寢可
暗喚香奴來僮去先以繡囊將琵琶至少頃一婢入紅
粧艷絕公子命彈湘妃婢以牙撥勾動激揚哀烈節拍
不類夙聞又命以巨觴行酒三更始罷次日早起共讀
公子最慧過目成誦二三月後命筆警絕相約五日一

飲每飲必招香奴一夕酒酣氣熱目注之公子已會其
意曰此婢爲老父所豢養兄曠邈無家我夙夜代籌久
矣行當爲君謀一佳偶生曰如果惠好必如香奴者公
子笑曰君誠少所見而多所怪者矣以此爲佳君願亦
易足也居半載生欲翺翔郊郭至門則雙扉外扃問之
公子曰家君恐交游紛意念故謝客耳生亦安之時盛
暑溽熱移齋園亭生胸間腫起如桃一夜如盌痛楚呻
吟公子朝夕省視眠食俱廢又數日創劇益絕食飲太
公亦至相對太息公子曰兒前夜思先生清恙嬌娜妹

子能療之遣人於外祖母處呼令歸何久不至俄僮入
白娜姑至姨與松姑同來父子疾趨入內少間引妹來視生
年約十三四嬌波流慧細柳生姿生望見顏色嚬呻頓
忘精神爲之一爽公子便言此兄良友不啻胞也妹子
好醫之女乃斂羞容揄長袖就榻診視把握之間覺芳
氣勝蘭女笑曰宜有是疾心脈動矣然症雖危可治但
膚塊已凝非伐皮削肉不可乃脫臂上金釧安患處徐
徐按下之創突起寸許高出釧外而根際餘腫盡束在
內不似前如盌濶矣乃一手啟羅衿解佩刀刃薄於紙

把釧握刃輕輕附根而割紫血流溢沾染床席生貪近
嬌姿不惟不覺其苦且恐速竣割事偎傍不久未幾割
斷腐肉團團然如樹上削下之癭又呼水來爲洗割處
口吐紅丸如彈大著肉上按令旋轉才一周覺熱火蒸
騰再周習習作痒三周已徧體清涼沁入骨髓女收丸
入咽曰愈矣趨步出生躍起走謝沉痼若失而懸想容
輝苦不自已自是廢卷癡坐無復聊賴公子已窺之曰
弟爲兄物色得一佳偶問何人曰亦弟眷屬生凝思良
久但云勿須面壁吟曰曾經滄海難爲水除卻巫山不

是雲公子會其指曰家君仰慕鴻才常欲附爲婚姻但止一少妹齒太穉有姨女阿松年十七矣頗不粗陋如不見信松姊日涉園亭伺前廂可望見之生如其教果見嬌娜偕麗人來畫黛彎蛾蓮鉤蹴鳳與嬌娜相伯仲也生大悅請公子作伐翼日公子自內出賀曰諧矣乃除別院爲生成禮是夕鼓吹闐咽塵落漫飛似望中仙人忽同衾幄遂疑廣寒宮殿未必在雲霄矣合巹之後甚愜心懷一夕公子謂生曰切磋之惠無日可以忘之近單公子解訟歸索宅甚急意將棄此而西勢難復聚

因而離緒縈懷生願從之而去公子勸還鄉里生難之公子曰勿慮可卽送君行無何太公引松娘至以黃金百兩贈生公子以左右手與夫婦相把握囑閉眸勿視飄然履空但覺耳際風鳴久之曰至矣啓目果見故里始知公子非人喜叩家門母出非望又睹美婦方共忻慰及回顧公子逝矣松娘事姑孝艷色賢名聲聞遐邇後生舉進士授延安司李攜家之任母以道遠不行松娘舉一男名小宦生以忤直指罷官罣礙不得歸偶獵郊野逢一美少年跨驪駒頻頻瞻顧細視則皇甫公子

也攬轡停驂悲喜交至邀生去至一村樹木濃昏陰翳天日入其家則金漚浮釘宛然世族問妹子則嫁岳母已亡深相感悼經宿別去偕妻同返嬌娜亦至抱生子掇提而弄曰姊姊亂吾種矣生拜謝曩德笑曰姊夫貴矣創口已合未忘痛耶妹夫吳郎亦來拜謁信宿乃去

一日公子有憂色謂生曰天降凶殃能相救否生不知何事但銳自任公子趨出招一家人俱入羅拜堂上生大駭亟問公子曰余非人類狐也今有雷霆之劫君肯以身赴難一門可望生全不然請抱子而行無相累生

矢共生死乃使仗劍於門囑曰雷霆轟擊勿動也生如所教果見陰雲晝暝昏黑如瑿回視舊居無復閈閎惟見高冢巋然巨穴無底方錯愕間霹靂一聲擺簸山岳急雨狂風老樹爲拔生目眩耳聾屹不少動忽於繁烟黑絮之中見一鬼物利喙長爪自穴攫一人出隨烟直上瞥睹衣履念似嬌娜乃急躍離地以劍擊之隨手墮落忽而山崩雷暴烈生仆遂斃少間晴霽嬌娜已能自蘇見生死於傍大哭曰孔郎爲我而死我何生焉松娘亦出共舁生歸嬌娜使松娘捧其首兄以簪撥其齒自

乃撮其頤以舌度紅丸入又接吻而呵之紅丸隨氣入喉格格作响移時醒然而蘇見眷口滿前恍如夢寤於是一門團圞驚定而喜生以幽壙不可久居議同旋里滿堂交贊惟嬌娜不樂生請與吳郎俱又慮翁媼不肯離幼子終日議不果忽吳家一小奴汗流氣促而至驚致研詰則吳郎家亦同日遭劫一門俱沒嬌娜頓足悲傷涕不可止共慰勸之而同歸之計遂決生入城勾當數日遂連夜趣裝既歸以閒園寓公子恒反關之生及松娘至始發扃生與公子兄妹棋酒談讌若一家然小宦長成貌韶秀有狐意出遊都市共知爲狐兒也

異史氏曰余於孔生不羨其得艷妻而羨其得膩友也觀其容可以忘飢聽其聲可以解頤得此良友時一談宴則色授魂與尤勝於顛倒衣裳矣

妖術

于公者少任俠喜拳勇力能持二壺高作旋風舞崇禎間殿試在都僕疫不起患之會市有善卜者能决人生死將代問之既至未言卜者曰君莫欲問僕病乎公駭應之曰病者無害君可危公乃自卜卜者起卦愕然曰

君三日當死公驚詫良久卜者從容曰鄙人有小術報我十金當代禳之公自念生死已定術豈能解不應而起欲出卜者曰惜此小費勿悔勿悔愛公者皆爲公懼勸罄橐以哀之公不聽倐忽至三日公端坐旅舍靜以覘之終日無恙至夜闔戸挑燈倚劍危坐一漏向盡更無死法意欲就枕忽聞窗隙窣窣有聲急視之一小人荷戈入及地則高如人公捉劍起急擊之飄忽未中遂遽小復尋窗隙意欲遁出公疾斫之應手而倒燭之則紙人已腰斷矣公不敢臥又坐待之踰時一物穿窻入怪獰如鬼纔及地急擊之斷而爲兩皆蠕動恐其復起又連擊之劍劍皆中其聲不耎審視則土偶片片已碎於是移坐窗下目注隙中久之聞窗外如牛喘有物推窗櫺房壁震搖其勢欲傾公懼覆壓計不如出而鬬之遂砉然脫扃奔而出見一巨鬼高與簷齊昏月中見其面黑如煤眼閃爍有黃光上無衣下無履手弓而腰矢公方駭鬼則彎矢公以劍撥矢矢墮欲擊之則又彎矣公急躍避矢貫於壁戰戰有聲鬼怒甚拔佩刀揮如風望公力劈公猱進刀中庭石石立斷公出其股間削鬼

中踝鏗然有聲鬼益怒吼如雷轉身復剁公又伏身入刀落斷公裙公已及脅下猛斫之亦鏗然有聲鬼仆而僵公亂擊之聲硬如柝燭之則一木偶高大如人弓矢尚纏腰際刻畫猙獰劍擊處皆有血公因秉燭待旦方悟鬼物皆卜人遣之欲致人於死以神其術也次日徧告交知與共詣卜所卜人遙見公瞥不可見或曰此翳形術也犬血可破公如言戒備而往卜人又匿如前急以犬血沃立處但見卜人頭面皆爲犬血模糊目灼灼如鬼立乃執付有司而殺之

異史氏曰嘗謂買卜爲一癡世之講此道而不爽於生死者幾人卜之而爽猶不卜也且即明明告我以死期之至將復如何况有借人命以神其術者其可畏不尤甚耶

葉生

淮陽葉生者失其名字文章詞賦冠絕當時而所如不偶困於名場會關東丁乘鶴來令是邑見其文奇之召與語大悅使即官署受燈火時賜錢穀恤其家值科試公游揚於學使遂領冠軍公期望綦切闈後索文讀之

擊節稱嘆不意時數限人文章憎命榜旣放依然鎩羽生嗒喪而歸愧負知己形銷骨立癡若木偶公聞召之來而慰之生零涕不已公憐之相期考滿入都攜與俱北生甚感佩辭而歸杜門不出無何寢疾公遺問不絕而服藥百裹殊罔所效公適以忤上官免將解任去函致生其畧曰僕東歸有日所以遲遲者待足下耳足下朝至則僕夕發矣傳之卧榻生持書啜泣寄語來使疾革難遽瘥請先發使人返白公不忍去徐待之踰數日門者忽通葉生至公喜逆而問之生曰以犬馬病勞夫

子久待萬慮不寧今幸可從杖履公乃束裝戒旦抵里命子師事生夙夜與俱公子名在昌時年十六尚不能文然絕慧凡文藝三兩過輒無遺忘居之期歲便能落筆成文益之公力遂入邑庠生以生平所擬舉業悉錄授讀闈中七題並無脫漏中亞魁公一日謂生曰君出餘緒遂使孺子成名然黃鐘長棄奈何生曰是殆有命借福澤爲文章吐氣使天下人知半生淪落非戰之罪願亦足矣且士得一人知可無憾何必拋卻白紵乃謂之利市哉公以其久客恐悞歲試勸令歸省慘然不樂

公不忍强囑公子至都爲之納粟公子又捷南宮授部中主政攜生赴監與共晨夕踰歲生入北闈竟領鄉薦會公子差南河典務因謂生曰此去離貴鄉不遠先生奮跡雲霄錦還爲快生亦喜擇吉就道抵淮陽界命僕馬送生歸見門戶蕭條意甚悲惻逡巡至庭中妻攜簸具以出見生擲且駭走生淒然曰我今貴矣三四年不覿何遂頓不相識妻遥謂曰君死已久何復言貴所以久淹君柩者以家貧子幼耳今阿大亦已成立行將卜窀穸勿作怪異嚇生人生聞憮然惆悵逡巡入室見靈柩撲地而滅妻驚視之衣冠履舄如蛻委大慟抱衣悲哭子自塾中歸見結駟於門審所自來駭奔告母母揮涕告訴又細詢從者始得顛末從者返公子聞之涕墮垂膺即命駕哭諸其室出橐營喪葬以孝廉禮又厚遺其子爲延師教讀言於學使逾年游泮

異史氏曰魂從知己竟忘死耶聞者疑之余深信焉同心倩女至離枕上之魂千里良朋猶識夢中之路而況繭絲蠅迹吐學士之心肝流水高山通我曹之性命者哉嗟乎遇合難期遭逢不偶行蹤落落對影長愁傲骨

嶙嶙搔首自愛嘆面目之酸澁來鬼物之揶揄頻居康了之中則鬚髮之條條可醜一落孫山之外則文章之處處皆疵古今痛哭之人卞和惟爾顛倒逸羣之物伯樂伊誰抱刺於懷三年滅字側身以望四海無家人生世上祗須合眼放步以聽造物之低昂而已天下之昂藏淪落如葉生者亦復不少顧安得令威復來而生死從之也哉噫

成仙

文登周生與成生少共筆研遂訂爲杵臼交而成貧故終歲常依周以齒則周爲長呼周妻以嫂節序登堂如一家焉周妻生子產後暴卒繼聘王氏成以少故未嘗請見之也一日王氏弟省姊宴於內寢成適至家人通白周命邀之成不入辭去周移席外舍追之而還甫坐即有人白別業之僕爲邑宰重笞者先是黃吏部家牧傭牛蹊周田以是相詬牧傭奔告主捉僕送官遂被笞責周詰得其故大怒曰黃家牧猪奴何敢爾其先世爲大父服役促得志乃無人耶氣塡吭臆忿而起欲往尋黃成捺而止之曰强梁世界原無皂白况今日官宰半

强寇有不操矛弧者耶周不聽成諫止再三至泣下周
乃止怒終不釋轉側達旦謂家人曰黄家欺我我仇也
姑置之邑令爲朝廷官非勢家官縱有互爭亦須兩造
何至如狗之隨嗾者我亦呈治其傭視彼將何處分家
人悉慫慂之計遂决具狀赴宰宰裂而擲之周怒語侵
宰宰慚恚因逮繫之辰後成往訪周始知入城訟理急
奔勸止則已在囹圄矣頓足無所爲計時獲海寇三名
宰與黄賂囑之使捏周同黨據詞申黜頂衣榜掠酷慘
成入獄相顧悽酸謀叩闕周曰身繫重犴如鳥在籠雖

有弱弟止足供囚飯耳成鋭身自任曰是予責也難而
不急烏用友也乃行周弟贐之則去已久矣至都無門
入控相傳駕將出獵成預隱木市中俄駕過伏舞哀號
遂得准驛送而下著部院審奏時閲十月餘周已誣服
論辟院接御批大駭復提躬讞黄亦駭謀殺周因賂監
者絕其食飲弟來餽問苦禁拒之成又爲赴院聲屈始
蒙提問業已飢餓不起院臺怒杖斃監者黄大怖納數
千金囑爲營脫以是得朦朧題免宰以枉法擬流周放
歸益肝胆成成自經訟繫世情盡灰招周偕隱周溺少

婦輒迂笑之成雖不言而意甚決別後數日不至周使
探諸其家家人疑其在周所兩無所見始疑周心知其
異遣人蹤跡之寺觀壑谷物色殆徧時以金帛卹其子
又八九年成忽自至黃巾氅服岸然道貌周大喜把臂
曰君何往使我尋欲徧笑曰孤雲野鶴棲無定所別後
幸復頑健周命置酒畧道間濶欲爲變易道裝成笑不
語周曰愚哉何棄妻孥猶敝屣也成笑曰不然人將棄
予其何人之能棄問所棲止荅在勞山之上清宮旣而
抵足寢夢成裸伏胸上氣不能息訝問何爲殊不荅忽

驚而寤呼成不應坐而索之杳然不知所往定移時始
覺在成榻駭曰昨不醉何顛倒至此耶乃呼家人家人
火之儼然成也周故多髭以手自捋則疎無幾莖取鏡
自照訝曰成生在此我何往也已而大寤知成以幻術
招隱意欲歸內弟以其貌異禁不聽前周亦無以自明
卽命僕馬往尋成數日入勞山馬行疾僕不能及休止
樹下見羽客往來甚衆內一道人目周周因以成問道
士笑曰耳其名矣似在上清言已逕去周目送之見一
矢之外又與一人語亦不數言而去與言者漸至乃同

祝生見周愕曰數年不晤人以君學道名山今尚游戲
人間耶周述其異生驚曰我適遇之而以爲君也去無
幾時或當不遠周大異曰怪哉何自己面目而不之識
僕尋至急馳之竟無踪兆一望寥濶進退難以自主自
念無家可歸遂決意窮追而怪險不復可騎遂以馬付
僕歸迤邐自往遙見一僮獨坐趨近問程且告以故僮
自言爲成弟子代荷衣糧導與俱行星飯露宿逴行殊
遠三日始至又非世之所謂上清時十月中山花滿路
不類初冬僮入報客成即遽出始認己形執手入置酒

讌語見異彩之禽馴人不驚聲如笙簧時坐鳴於座上
心甚異之然塵俗念切無意流連地下有蒲團二曳與
並坐至二更後萬慮俱寂忽似瞥然一盹身覺與成易
位疑之自捋頷下則于思者如故矣既曙浩然思返成
固留之越三日乃曰乞少寐息早送君行甫交睫聞成
呼曰行裝已具矣遂起從之所行殊非舊途覺無幾時
里居在望中成坐候路側俾自歸周強之不得因踽踽
至家門叩不能應思欲越牆覺身飄似葉一躍已過凡
踰數重垣始抵臥室燈燭熒然內人未寢噥噥與人語

舐窗以窺則妻與一厮僕同杯飲狀甚狎褻於是怒火如焚計將掩執又恐孤力難勝遂潛身脫扃而出奔告成乞爲助成慨然從直抵內寢周舉石撾門內張皇甚播愈急門閉益堅成撥以劍劃然頓闢周奔入僕衝戶而走成在門外以劍擊之斷其肩臂周執妻拷訊乃知被收時即與僕私周借劍決其首罥腸庭樹間乃從成出尋途而返驀然忽醒則身在臥榻驚而言曰怪夢參差使人駭懼成笑曰夢者兄以爲眞眞者乃以爲夢周愕而問之成出劍示之濺血猶存周驚懼欲絕竊疑成譎張爲幻成知其意乃促裝送之歸荏苒至里門乃曰疇昔之夜倚劍而相待者非此處耶吾厭見惡濁請還待君於此如過晡不來予自去周至家門戶蕭索似無居人還入弟家弟見兄雙淚遽墮曰兄去後盜夜殺嫂刳腸去酷慘可悼于今官捕未獲周亦夢醒因以情告戒勿究弟錯愕良久周問其子乃命老媼抱至周曰此襁褓物宗緒所關弟好視之兄欲辭人世矣遂起徑去弟涕泗追挽笑行不顧至野外見成與俱行遙回顧曰忍事最樂弟欲有言成濶袖一舉即不可見悵立移時

痛哭而返周弟樸拙不善治家人生產居數年家益貧周子漸長不能延師因自教讀一日早至齋見案頭有函書緘封甚固簽題仲氏啟審之爲兄迹開視則虛無所有祇有爪甲一枚長二指許心怪之以甲置研上出問家人所自來並無知者回視則研石粲粲化爲黃金大驚以試銅鐵皆然由此大富以千金賜成氏子因相傳兩家有點金術云

王成

王成平原故家子性最懶生涯日落惟剩破屋數間與妻臥牛衣中交讁不堪時盛夏燠熱村中故有周氏園牆宇盡傾唯存一亭村人多寄宿其中王亦在焉既曉睡者盡去紅日三竿王始起逡巡欲歸見草際金釵一股拾視之鐫有細字云儀賓府造王祖爲衡府儀賓家中故物多此款式因把釵躊躇欻一嫗來尋釵王雖故貧然性介遽出授之嫗喜極贊盛德曰釵直幾何先夫之遺澤也問夫君伊誰荅云故儀賓王柬之也王驚曰吾祖也何以相遇嫗亦驚曰汝即王柬之之孫耶我乃狐仙百年前與君祖繾綣君祖歿老身遂隱過此遺釵

適入子手非天數耶王亦曾聞祖有狐妻信其言便邀臨顧嫗從之王呼妻出見敝衣蓬首菜色黯焉嫗歎曰嘻王柬之孫子乃一貧至此哉又顧敗竈無烟曰家計若此何以聊生妻因細述貧狀嗚咽飲泣嫗以釵授婦使姑質錢市米三日後請復相見王挽留之嫗曰汝一妻不能自存活我在仰屋而居復何裨益遂徑去王爲妻言其故妻大怖王誦其義使姑事之妻諾踰三日果至出數金糴粟麥各一石夜與婦共短榻婦初懼之然察其意殊拳拳遂不之疑翌日謂王曰孫勿惰宜操小生

業坐食烏可長也王告以無貲曰汝祖在時金帛憑所取我以世外人無需是物故未嘗多取積花粉之金四十兩至今猶存久貯亦無所用可將去悉以市葛刻日赴都可得微息王從之購五十餘端以歸嫗命趣裝計六七日可達燕都囑曰宜勤勿懶宜急勿緩遲之一日悔之已晚王敬諾囊貨就路中途遇雨衣履浸濡王生平未歷風霜委頓不堪因暫休旅舍不意淙淙徹暮簷雨如繩過宿濘益甚見往來行人踐淖沒脛心畏苦之待至亭午始漸燥而陰雲復合雨又大作信宿乃行將

近京傳聞葛價翔貴心竊喜入都解裝客店主人深惜其晚先是南道初通葛至絕少京中巨室購者頗多價甚昂較常可三倍前一日貨葛雲集價頓貶後來者皆失望主人以故告王王鬱鬱不得志越日葛至愈多價益下王以無利不肯售遲十餘日計食耗繁多倍益憂悶主人勸令賤鬻改而他圖從之虧貲十餘兩悉脫去早起將作歸計啟視囊中則金亡矣驚告主人主人無所爲計或勸鳴官責主人償王歎曰此我數也於主人何尤主人聞而德之贈金五兩慰之使歸自念無以見

祖母蹀躞內外進退維谷適見鬬鶉者一賭輒數千每市一鶉恒百錢不止意忽動計囊中貲僅足販鶉以商主人主人亟慫恿之且約假寓飲食不取其直王喜遂行購鶉盈擔復入都主人喜賀其速售至夜大雨徹曙天明衢水如河淋零猶未休也居以待晴連綿數日更無休止起視籠中鶉漸死王大懼不知計之所出越日死愈多僅餘數頭併一籠飼之經宿往窺則一鶉僅存因告主人不覺涕墮主人亦爲扼腕王自度金盡罔歸但欲覓死主人勸慰之共往視鶉審諦之曰此似英

物諸鶉之死未必非此之鬬殺之也君暇亦無所事請
把之如其良也賭亦可以謀生王如其教旣馴主人令
持向街頭賭酒肉食鶉健甚輒贏主人喜以金授王使
復與子弟決賭三戰三勝半年許積二十金心益慰視
鶉如命先是有某王者好鶉每值上元輒放民閒把鶉
者入邸相角主人謂王曰今大富宜可立致所不可知
者在子之命矣因告以故導與俱往囑曰脫敗則喪氣
出耳倘有萬分一鶉鬬勝王必欲市之君勿應如固强
之惟予首是瞻待首肯而後應之王曰諾至邸則鶉人

肩摩於墀下頃之王出御殿左右宣言有願鬬者上卽
有一人把鶉趨而進王命放鶉客亦放畧一騰踔客鶉
已敗王大笑俄頃登而敗者數人主人曰可矣相將俱
登王相之曰睛有怒脈此健羽也不可輕敵命取鐵喙
者當之一再騰躍而王鶉鎩羽更選其良再易再敗王
急命取宮中玉鶉片時把出素羽如鷺神駿不凡王成
意餒跪而求罷曰大王之鶉神物也恐傷吾禽喪吾業
矣王笑曰縱之脫鬬而死當厚爾償成乃縱之玉鶉直
奔之而玉鶉方來則伏如怒雞以待之玉鶉健啄則起

如翔鶴以擊之進退頡頏相持約一伏時玉鶉漸懈而其怒益烈其鬬益急未幾雪毛摧落垂翅而逃觀者千人罔不歎羨王乃索取而親把之自啄至爪審周一過問成曰鶉可貨否荅云小人無恒產與相依爲命不願售也王曰賜而重直中人產可致頗願之乎成俯思良久曰本不樂置顧大王旣愛好之苟使小人得衣食業又何求王請直荅以千金王笑曰癡男子此何珍寶而千金直也成曰大王不以爲寶臣以爲連城之璧不過也王曰如何曰小人把向市廛日得數金易升斗粟一

家十餘食指無凍餒憂是何寶如之王言予不相虧便與二百金成搖首又增百數成目視主人主人色不動乃曰承大王命請減百價王曰休矣誰肯以九百易一鶉者成囊鶉欲行王呼曰鶉人來鶉人來實給六百肯則售否則已耳成又目主人主人仍自若成心願盈溢惟恐失時曰以此數售心實怏怏但交而不成則獲戾滋大無已即如王命王喜即秤付之成囊金拜賜而出主人懟曰我言如何子乃急自鬻也再少靳之八百金在掌中矣成歸擲金案上請主人自取之主人不受又

固讓之乃盤計飯直而受之王治裝歸至家歷述所為出金相慶嫗命治良田三百畝起屋作器居然世家嫗早起使成督耕婦督織稍惰輒訶之夫婦相安不敢有怨詞過三年家益富嫗辭欲去夫妻共挽之至泣下嫗亦遂止旭日候之已杳矣

異史氏曰富皆得於勤此獨得於惰亦創聞也不知一貧徹骨而至性不移此天所以始棄之而終憐之也懶中豈果有富貴乎哉

青鳳

太原耿氏故大家第宅宏闊後凌夷樓舍連亘半曠廢之因生怪異堂門輒自開掩家人恒中夜駭譁耿患之移居別墅留老翁門焉由此荒落益甚或聞笑語歌吹聲耿有從子去病狂放不羈囑翁有所聞見奔告之至夜見樓上燈光明滅走報生生欲入覘其異止之不聽門戶素所習識竟撥蓬蒿曲折而入登樓殊無少異穿樓而過聞人語切切潛窺之見巨燭雙燒其明如晝一叟儒冠南面坐一嫗相對俱年四十餘東向一少年可二十許右一女郎裁及笄耳酒胾滿案團坐笑語生突

入笑呼曰有不速之客一人來羣驚奔匿獨叟出叱問誰何入入閨闥生曰此我家閨闥君占之旨酒自飲不一邀主人毋乃太吝叟審睇曰非主人也生曰我狂生耿去病主人之從子耳叟致敬曰久仰山斗乃揖生入便呼家人易饌生止之叟乃酌客生曰吾輩通家座客無庸見避還祈招飲叟呼孝兒俄少年自外入叟曰此豚兒也揖而坐畧審門閥叟自言義君姓胡生素豪談議風生孝兒亦倜儻傾吐間雅相愛悅生二十一長孝兒二歲因弟之叟曰聞君祖纂塗山外傳知之乎答知之叟曰我塗山氏之苗裔也唐以後譜系猶能憶之五代而上無傳焉幸公子一垂教也生畧述塗山女佐禹之功粉飾多詞妙緒泉湧叟大喜謂子曰今幸得聞所未聞公子亦非他人可請阿母及青鳳來共聽之亦令知我祖德也孝兒入幃中少時媼偕女郎出審顧之弱態生嬌秋波流慧人間無其麗也叟指婦云此爲老荆又指女郎此青鳳鄙人之猶女也頗慧所聞見輒記不忘故喚令聽之生談竟而飲瞻顧女郎停睇不轉女覺之輒俯其首生隱躡蓮鉤女急斂足亦無愠怒生神志

飛揚不能自主拍案曰得婦如此南面王不易也媪見生漸醉益狂與女俱起遽搴幃去生失望乃辭叟出而心縈縈不能忘情於青鳳也至夜復往則蘭麝猶芳而凝待終宵寂無聲欬歸與妻謀欲攜家而居之冀得一遇妻不從生乃自往讀於樓下夜方凭几一鬼披髮入面黑如漆張目視生生笑染指研墨自塗灼灼然相與對視鬼慚而去次夜更既深滅燭欲寢聞樓後發扃闢之鬩然生急起窺覘則扉半啟俄聞履聲細碎有燭光自房中出視之則青鳳也驟見生駭而卻走遽闔雙扉生長跪而致詞曰小生不避險惡實以卿故幸無他人得一握手爲笑死不憾耳女遙語曰惓惓深情妾豈不知但閨訓嚴不敢奉命生固哀之云亦不敢望肌膚之親但一見顏色足矣女似肯可啟關出捉之臂而曳之生狂喜相將入樓下擁而加諸膝女曰幸有夙分過此一夕卽相思無用矣問何故曰阿叔畏君狂故化厲鬼以相嚇而君不動也今已卜居他所一家皆移什物赴新居而妾畱守明日卽發矣言已欲去云恐叔歸生強止之欲與爲歡方持論間叟掩入女羞懼無以自容俯

首倚牀拈帶不語叟怒曰賤婢辱吾門戶不速去鞭撻且從其後女低頭急去叟亦出尾而聽之訶詬萬端聞青鳳嚶嚶啜泣生心意如割大聲曰罪在小生與青鳳何與倘宥鳳也刀鋸鈇鉞小生願身受之良久寂然生乃寢自此第內絕不復聲息矣生叔聞而奇之願售以居不較直生喜攜家口而遷焉意甚適而未嘗須臾忘青鳳也會清明上墓歸見小狐二爲犬逼逐其一投荒竄去一則皇急道上望見生依依哀啼𦗼耳戢首似乞其援生憐之啟裳衿提抱以歸閉門置牀上則青鳳也大喜慰問女曰適與婢子戲遘此大厄脫非郎君必葬犬腹望無以非類見憎生曰日切懷思繫於魂夢見卿如獲異寶何憎之云女曰此天數也不因顛覆何得相從然幸矣婢子必以妾爲已死可與君堅永約耳生喜另舍舍之積二年餘生方夜讀孝兒忽入生輟讀訝詰所來孝兒伏地愴然曰家君有橫難非君莫拯將自詣懇恐不見納故以某來問何事曰公子識莫三郎否曰此吾年家子也孝兒曰明日將過倘攜有獵狐望君之留之也生曰樓下之羞耿耿在念他事不敢與聞必欲

僕效綿薄非青鳳來不可孝兒零涕曰鳳妹已野死三年矣生拂衣曰既爾則恨滋深耳執卷高吟殊不顧瞻孝兒起哭失聲掩面而去生如青鳳所告以故女失色曰果救之否曰救則救之適不之諾者亦聊以報前橫耳女乃喜曰妾少孤依叔成立昔雖獲罪乃家範應爾生曰誠然但使人不能無介介耳卿果死定不相援女笑曰忍哉次日莫三郎果至鏤膺虎韔僕從甚赫生門逆之見獲禽甚多中一黑狐血殷毛革撫之皮肉猶溫便托裘敝乞得補綴莫慨然解贈生即付青鳳乃與客

飲客既去女抱狐於懷三日而甦展轉復化爲叟舉目見鳳疑非人間女歷言其情叟乃下拜慚謝前愆喜顧女曰我固謂汝不死今果然矣女謂生曰君如念妾還乞以樓宅相假使妾得以申返哺之私生諾之叟赧然謝別而去入夜果舉家來由此如家人父子無復猜忌矣生齋居孝兒時共談讌生嫡出子漸長遂使傅之蓋循循善教有師範焉

畫皮

太原王生早行遇一女郎抱襆獨奔甚艱於步急走趁

之乃二八姝麗心相愛樂問何夙夜踽踽獨行女曰行道之人不能解愁憂何勞相問生曰卿何愁憂或可效力不辭也女黯然曰父母貪賂鬻妾朱門嫡妬甚朝詈而夕楚辱之所弗堪也將遠遁耳問何之曰在亡之人烏有定所生言敝廬不遠即煩枉顧女喜從之生代攜襆物導與同歸女顧室無人問君何無家口答云齋耳女曰此所良佳如憐妾而活之須祕密勿洩生諾之乃與寢合使匿密室過數日而人不知也生微告妻妻陳疑爲大家媵妾勸遣之生不聽偶適市遇一道士顧生

而愕問何所遇答言無之道士曰君身邪氣縈繞何言無生又力白道士乃去曰惑哉世固有死將臨而不悟者生以其言異頗疑女轉思明明麗人何至爲妖意道士借厭禳以獵食者無何至齋門門內杜不得入心疑所作乃踰垝垣則室門亦閉躡迹而窗窺之見一獰鬼面翠色齒巉巉如鋸鋪人皮於榻上執采筆而繪之已而擲筆舉皮如振衣狀披於身遂化爲女子睹此狀大懼獸伏而出急追道士不知所往徧跡之遇於野長跪乞救道士曰請遣除之此物亦良苦甫能覓代者予亦

不忍傷其生乃以蠅拂授生令挂寢門臨別約會於青帝廟生歸不敢入齋乃寢內室懸拂焉一更許聞門外戢戢有聲自不敢窺也使妻窺之但見女子來望拂子不敢進立而切齒良久乃去少時復來罵曰道士嚇我終不然寧入口而吐之耶取拂碎之壞寢門而入徑登生牀裂生腹掬生心而去妻號婢入燭之生已死腔血狼藉陳駭涕不敢聲明日使弟二郎奔告道士道士怒曰我固憐之鬼子乃敢爾即從生弟來女子已失所在既而仰首四望曰幸遁未遠問南院誰家二郎曰小生

所舍也道士曰現在君所二郎愕然以爲未有道士問曰曾否有不識者一人來答曰僕赴青帝廟良不知當歸問之去少頃而返曰果有之晨間一嫗來欲傭爲僕家操作室人止之尚在也道士曰即是物矣遂與俱往仗木劍立庭心呼曰孽魅償我拂子嫗在室惶遽無色出門欲遁道士逐擊之嫗仆人皮劃然而脫化爲厲鬼臥嗥如猪道士以木劍梟其首身變作濃烟匝地作堆道士出一葫盧拔其塞置烟中飀飀然如口吸氣瞬息烟盡道士塞口入囊共視人皮眉目手足無不備具

道士卷之如卷畫軸聲亦囊之乃別欲去陳氏拜迎於門哭求回生之法道士謝不能陳益悲伏地不起道士沉思曰我術淺誠不能起死我指一人或能之往求必合有效問何人曰市人有瘋者時臥糞土中試叩而哀之倘狂辱夫人夫人勿怒也二郎亦習知之乃別道士與嫂俱往見乞人顛歌道上鼻涕三尺穢不可近陳膝行而前乞人笑曰佳人愛我乎陳告之故又大笑曰人盡夫也活之何爲陳固哀之乃曰異哉人死而乞活於我我閻摩耶怒以杖擊陳陳忍痛受之市人漸集如堵

乞人咯痰唾盈把舉向陳吻曰食之陳紅漲於面有難色既思道士之囑遂强啖焉覺入喉中硬如團絮格格而下停結胷間乞人大笑曰佳人愛我哉遂起行已不顧尾之入於廟中迫而求之不知所在前後冥搜殊無端兆慚恨而歸既悼夫亡之慘又悔食唾之羞俯仰哀啼但願卽死方欲展血斂尸家人竚望無敢近者陳抱尸收腸且理且哭哭極聲嘶頓欲嘔覺鬲中結物突奔而出不及回首已落腔中驚而視之乃人心也在腔突突猶躍熱氣騰蒸如烟焉大異之急以兩手合腔極力

抱擠少懈則氣氤氳自縫中出乃裂繒帛急束之以手撫尸漸溫覆以衾裯中夜啟視有鼻息矣天明竟活爲言恍惚若夢但覺心隱痛耳視破處痂結如錢尋愈

異史氏曰愚哉世人明明妖也而以爲美迷哉愚人明明忠也而以爲妄然愛人之色而漁之妻亦將食人之唾而甘之矣天道好還但愚而迷者不悟耳可哀也夫

賈兒

楚某翁賈於外婦獨居夢與人交醒而捫之小丈夫也察其情與人異知爲狐未幾下牀去門未開而已逝矣入暮邀庖媼伴焉有子十歲素別榻臥亦招與俱夜既深媼兒皆寐狐復來婦喃喃如夢語媼覺呼之狐遂去自是身忽忽若有亡至夜不敢息燭戒子睡勿熟夜闌兒及媼倚壁少寐既醒失婦意其出遺久待不至始疑媼懼不敢往覓兒執火徧燭之至他室則母裸臥其中近扶之亦不羞縮自是遂狂歌哭叫詈日萬狀夜厭與人居另榻寢兒媼亦遣去兒每聞母笑語輒起火之母反怒呵兒兒亦不爲意因共壯兒膽然嬉戲無節日效圬者以磚石疊窗上止之不聽或去其一石則滾地作

嬌啼人無敢氣觸之過數日兩窗盡塞無少明已乃合泥塗壁孔終日營營不憚其勞塗已所作遂把廚刀霍霍磨之見者皆憎其頑不以人齒兒宵分隱刀於懷以瓠覆燈伺母囈語急啟燈杜門聲喊久之無異乃離門揚言詐作欲溲狀歘有一物如貍突奔門隙急擊之僅斷其尾約二寸許溼血猶滴初挑燈起母便詬罵兒若弗聞擊之不中懊恨而寢自念雖不即戮可以幸其不來及明視血跡踰垣而去跡之入何氏園中至夜果絕兒竊喜但見痴臥如死未幾賈人歸就榻問訊婦嫚罵視若仇兒以狀對翁驚延醫藥之婦瀉藥詬罵潛以藥入湯水雜飲之數日漸安父子俱喜一夜睡醒失婦所在父子又覓得於別室由是復顛不欲與夫同室處向夕竟奔別室挽之罵益甚翁無策盡扃他扉婦奔去則門自闢翁患之驅禳備至殊無少驗兒薄暮潛匿何氏園伏莽中將以探狐所在月初作乍聞人語暗撥蓬科見二人飲一長鬣奴捧壺衣老棕色語俱細隱不甚可辨移時聞一人曰明日可取白酒一瓻來頃之俱去惟長鬣獨留脫衣臥庭石上審顧之四肢皆如人但尾垂

後部兒欲歸恐狐覺遂終夜伏未明又聞二人以次復
來噥噥入竹叢中兒乃歸翁問所往荅宿何伯家適從
父入市見帽肆挂狐尾乞翁市之翁不顧兒牽父衣嬌
聒之翁不忍過拂市焉父貿易廛中兒戲弄其側乘父
他顧盜錢去沽白酒寄肆廊有舅氏城居素業獵兒奔
其家舅他出妗詰母疾荅云連朝稍可又以耗子嚙衣
怒啼不解故遣我乞獵藥耳妗檢櫝出錢許裹付兒兒
少之妗欲作湯餅啖兒兒覷室無人自發藥裹竊盈掬
而懷之乃趨告妗俾勿舉火父待市中不遑食也遂徑

去隱以藥置酒中遨遊市上抵暮方歸父問所在托在
舅家兒自是日游廛肆間一日見長鬛人亦雜儔中兒
審之確陰綴繫之漸與語詰其居里荅言北村亦詢兒
兒僞云山洞長鬛怪其洞居兒笑曰我世居洞府君固
否耶其人益驚便詰姓氏兒曰我胡氏子曾在何處見
君從兩郎顧忘之耶其人熟審之若信若疑兒微啟下
裳少少露其假尾曰我輩混迹人中但此猶存爲可恨
耳其人問在市欲何作兒曰父遣我沽其人亦以沽告
兒問沽未曰吾儕多貧故常竊時多兒曰此役亦良苦

躭驚憂其人曰受主人遣不得不爾因問主人伊誰曰即囊所見兩郎兄弟也一私北郭王氏婦一宿東村某翁家翁家兒大惡被斷尾十日始瘥今復往矣言已欲別曰勿悞我事兒曰竊之難不若沽之易我先沽寄廊下敬以相贈我囊中尚有餘錢不愁沽也其人愧無以報兒曰我本同類何靳些須暇時尚當與君痛飲耳遂與俱去取酒授之乃歸至夜母竟安寢不復奔心知有異告父同往驗之則兩狐斃於亭上一狐死於草中喙津津尚有血出酒瓶猶在持而搖之未盡也父驚問何

不早告曰此物最靈一洩則彼知之翁喜曰我兒討狐之陳平也於是父子荷狐歸見一狐禿尾刀痕儼然自是遂安而婦瘠殊甚心漸明了但益之嗽嘔痰輒數升尋卒北郭王氏婦向祟於狐至是問之則狐絕而病亦愈翁由此奇兒教之騎射後貴至總戎

董生

董生字遐思青州之西鄙人冬月薄暮展被於榻而熾炭焉方將篝燈適友人招飲遂扃戶去至友人所座有醫人善太素脈徧診諸客末顧王生九思及董曰余閱

人多矣脈之奇無如兩君者貴脈而有賤兆壽脈而有促徵此非鄙人所敢知也然而董君實甚共驚問之曰某至此共窮於術未敢臆決願兩君自慎之二人初聞甚駭既以爲模稜語置不爲意半夜董歸見齋門虛掩大疑醺中自憶必去時忙促故忘扃鍵入室未遑爇火先以手入衾中探其溫否纔一探入則膩有臥人大愕歛手急火之竟爲姝麗韶顏稚齒神仙不殊狂喜戲探下體則毛尾修然大懼欲遁女已醒出手捉生臂問君何往董益懼戰栗哀求願仙人憐恕女笑曰何所見而

仙我董曰我不畏首而畏尾女又笑曰尾於何有君悞矣引董手强使復探則髀肉如脂尻骨童童笑曰何如醉態朦朧不知所見伊何遂誣人若此董固喜其麗至此益惑反自咎適然之錯然疑其所來無因女曰君不憶東鄰之黃髮女乎屈指移居者已十年矣爾時我未笄君垂髫也董恍然曰卿周氏之阿瑣耶女曰是矣董曰卿言之我髣髴憶之十年不見遂苗條若此然何遽能來女曰妾適癡郎四五年翁姑相繼逝又不幸爲文君剩妾一身煢無所倚憶孩時相識者惟君故免來相

就入門已暮邀飲者適至遂潛隱以待君歸待之既久足冰肌粟故借被以自溫耳幸勿見疑董喜解衣共寢意殊自得月餘漸羸瘦家人怪問輒言不自知久之面目益支離乃懼復造善脈者診之醫曰此妖脈也前日之死徵驗疾不可爲也董大哭不去醫不得已爲之針手灸臍而贈以藥囑曰如有所遇力絕之董亦自危既歸女笑要之怫然曰勿復相糾纏我行且死走不顧女大慚亦怒曰汝尚欲生耶至夜董服藥獨寢甫交睫夢與女交醒已遺矣益恐移寢於內妻子火守之夢如故窺女子已失所在積數日董嘔血斗餘而死王九思在齋中見一女子來悅其美而私之詰所自曰妾遐思之隣也渠舊與妾善不意爲狐惑而死此輩妖氣可畏讀書人宜慎相防王益佩之遂相懽待居數日迷罔病瘠忽夢董曰與君好者狐也殺我矣又欲殺我友我已訴之冥府洩此幽憤七日之夜當炷香室外勿忘卻醒而異之謂女曰我病甚恐將委溝壑或勸勿室也女曰命當壽室亦生不壽不室亦死也坐與調笑王心不能自持又亂之已而悔之而不能絕及暮插香戶上女來拔

笑起徑去居無何門外大呼曰我請髯宗師至矣衆皆起俄負判入置几上奉觴酬之三衆睹之瑟縮不安於坐仍請負去朱又把酒灌地祝曰門生狂率不文大宗師諒不爲怪荒舍匪遥合乘興來覓飲幸勿爲畛畦乃負之去次日衆果招飲抵暮半醉而歸興未闌挑燭獨飲忽有人搴簾入視之則判官也朱起曰噫吾殆將死矣前日冒瀆今來加斧鑕耶判啟濃髯微笑曰非也昨蒙高義相訂夜偶暇敬踐達人之約朱大悅牽衣促坐自起滌器爇火判曰天道溫和可以冷飲朱如命置瓶

案上奔告家人治肴果妻聞大駭戒勿出朱不聽立俟治具以出易琖交酬始詢姓氏曰我陸姓無名字與談古典應荅如響問知制藝否曰妍媸亦頗辨之陰司誦讀與陽世畧同陸豪飲一舉十觥朱因竟日飲遂不覺玉山傾頹伏几醺睡比醒則殘燭黃昏鬼客已去自是兩三日輒一來情益洽時抵足眠朱獻窗稿陸輒紅勒之都言不佳一夜朱輒醉先寢陸猶自酌忽醉夢中覺臟腑微痛醒而視之則陸危坐牀前破腔出腸胃條條整理愕曰夙無仇怨何以見殺陸笑云勿懼我爲君易

慧心耳從容納腸已復合之末以裹足布束朱腰作用畢視榻上亦無血跡腹間覺少麻木見陸置肉塊几上問之曰此君心也作文不快知君之毛竅塞耳適在冥間於千萬心中揀得佳者一枚爲君易之留此以補闕數乃起掩扉去天明解視則創縫已合有綖而赤者存焉自是文思大進過眼不忘數日又出文示陸陸曰可矣但君福薄不能大顯貴鄉科而已問何時曰今歲必魁未幾科試冠軍秋闈果中經元同社友素揶揄之及見闈墨相視而驚細詢始知其異共求朱先容願納交陸陸諾之衆大設以待之更初陸至赤髯生動目炯炯如電衆茫乎無色齒欲相擊漸引去朱乃攜陸歸飲既醺朱曰湔腸伐胃受賜已多尚有一事欲相煩不知可否陸便請命朱曰心腸可易面目想亦可更山荊予結髮人下體頗亦不惡但頭面不甚佳麗尚欲煩君刀斧如何陸笑曰諾容徐圖之過數日半夜來叩關朱急起延入燭之見襟裹一物詰之曰君曩所囑向艱物色適得一美人首敬報君命朱撥視頸血猶溼陸立促急入勿驚禽犬朱慮門戶夜扃陸至一手推扉扉自闢引至

臥室見夫人側身眠陸以頭授朱抱之自於靴中出白
刃如匕首按夫人項著力如切瓜狀迎刃而解首落枕
畔急於生懷取美人頭合項上詳審端正而後按捺已
而移枕塞肩際命朱瘞首靜所乃去朱妻醒覺頸間微
麻面頰甲錯搓之得血片甚駭呼婢汲盥婢見面血狼
藉驚絕濯之盆水盡赤舉首則面目全非又駭極夫人
引鏡自照錯愕不能自解朱入告之因反覆細視則長
眉掩鬢笑靨承顴畫中人也解領驗之有紅綫一周上
下肉色判然而異先是吳侍御有女甚美未嫁而喪二

夫故十九猶未醮也上元遊十王殿時遊人甚雜內有
無賴賊窺而艷之遂陰訪居里乘夜梯入穴寢門殺一
婢於牀下逼女與淫女力拒聲喊賊怒亦殺之吳夫人
微聞鬧聲呼婢往視見尸駭絕舉家盡起停尸堂上置
首項側一門啼號紛騰終夜詰旦啟衾則身在而失其
首徧撻侍女謂所守不恪致葬犬腹侍御告郡郡嚴限
捕賊三月而罪人弗得漸有以朱家換頭之異聞吳公
者吳疑之遣媼探諸其家入見夫人駭走以告吳公公
視女尸故存驚疑無以自決猜朱以左道殺女往詰朱

朱曰室人夢易其首實不解其何故謂僕殺之則寃也吳不信訟之收家人鞫之一如朱言郡守不能決朱歸求計於陸陸曰不難當使伊女自言之吳夜夢女曰兒爲蘇溪楊大年所賊無與朱孝廉彼不艷於其妻陸判官取兒頭與之易之是兒身死而頭生也願勿相仇醒告夫人所夢同乃言於官問之果有楊大年執而械之遂伏其罪吳乃詣朱請見夫人由此爲翁壻乃以朱妻首合女尸而葬焉朱三入禮闈皆以場規被放於是灰心仕進積三十年一夕陸告曰君壽不永矣問其期對

以五日能相救否曰惟天所命人何能私且自達人觀之生死一耳何必生之爲樂死之爲悲朱以爲然卽治衣衾棺槨既竟盛服而沒翌日夫人方扶柩哭朱忽冉冉自外至夫人懼朱曰我誠鬼不異生時慮爾寡母孤兒殊戀戀耳夫人大慟涕垂膺朱依依慰解之夫人曰古有還魂之說君既有靈何其不再朱曰天數不可違也問在陰司作何務曰陸判薦我督案務授有官爵亦無所苦夫人欲再語朱曰陸公與我同來可設酒饌趨而出夫人依言營備但聞室中笑飲豪氣高聲宛若生

前半夜窺之窅然而逝自是三數日輒一來時而留宿繾綣家中事就便經紀子瑋方五歲來輒提抱至七八歲則燈下教讀子亦慧九歲能文十五入邑庠竟不知無父也從此來漸疎日月至焉而已又一夕來謂夫人曰今與卿永訣矣問何往曰承帝命爲太華卿行將遠赴事煩途隔故不能來母子扶之哭曰勿爾兒已成立家業尚可存活豈有百歲不拆之鸞鳳耶顧子曰好爲人勿墮父業十年後一相見耳徑出門去於是遂絕後瑋二十五舉進士官行人奉命祭西岳道經華陰忽有

輿從羽葆馳衝鹵簿訝之審視車中人其父也下馬哭伏道左父停輿曰官聲好我目瞑矣瑋伏不起朱促車行火馳不顧去數武回望解佩刀遣人持贈遙語曰佩之當貴瑋欲追從見輿從人馬飄忽若風瞬息不見痛恨良久抽刀視之製極精工鐫字一行曰膽欲大而心欲小智欲圓而行欲方瑋後官至司馬生五子曰沉曰潛曰沕曰渾曰深一夕夢父曰佩刀宜贈渾也從之渾仕爲總憲有政聲

異史氏曰斷鶴續鳧矯作者妄移花接木創始者奇而

況加鑿削於肝腸施刀錐於頸項者哉陸公者可謂媸皮裹妍骨矣明季至今爲歲不遠陵陽陸公猶存乎尚有靈焉否也爲之執鞭所欣慕焉

聊齋志異卷一終